La Respiración es mi Superpoder

Alicia Ortego

Copyright 2022 Alicia Ortego — Todos los derechos reservados

Ninguna parte de esta publicación o la información que contiene se puede citar o reproducir por ningún medio, ya sea impresión, escaneo o fotocopiado, sin tener previamente el permiso expreso por escrito del titular de los derechos de autor.

Aviso legal y condiciones de uso:
Se ha realizado un gran esfuerzo con el fin de asegurar que la información que contiene este libro sea completa y precisa. Sin embargo, la autora y el editor no pueden garantizar que el texto y los gráficos que se incluyen en el libro puedan sufrir modificaciones debido a la naturaleza de la información que contiene.

La autora y el editor no asumen ninguna responsabilidad por los errores u omisiones que puedan aparecer en el libro. Este libro únicamente se ofrece con fines motivacionales e informativos.

www.aliciaortego.com

Este Superpoder pertenece a

....

....

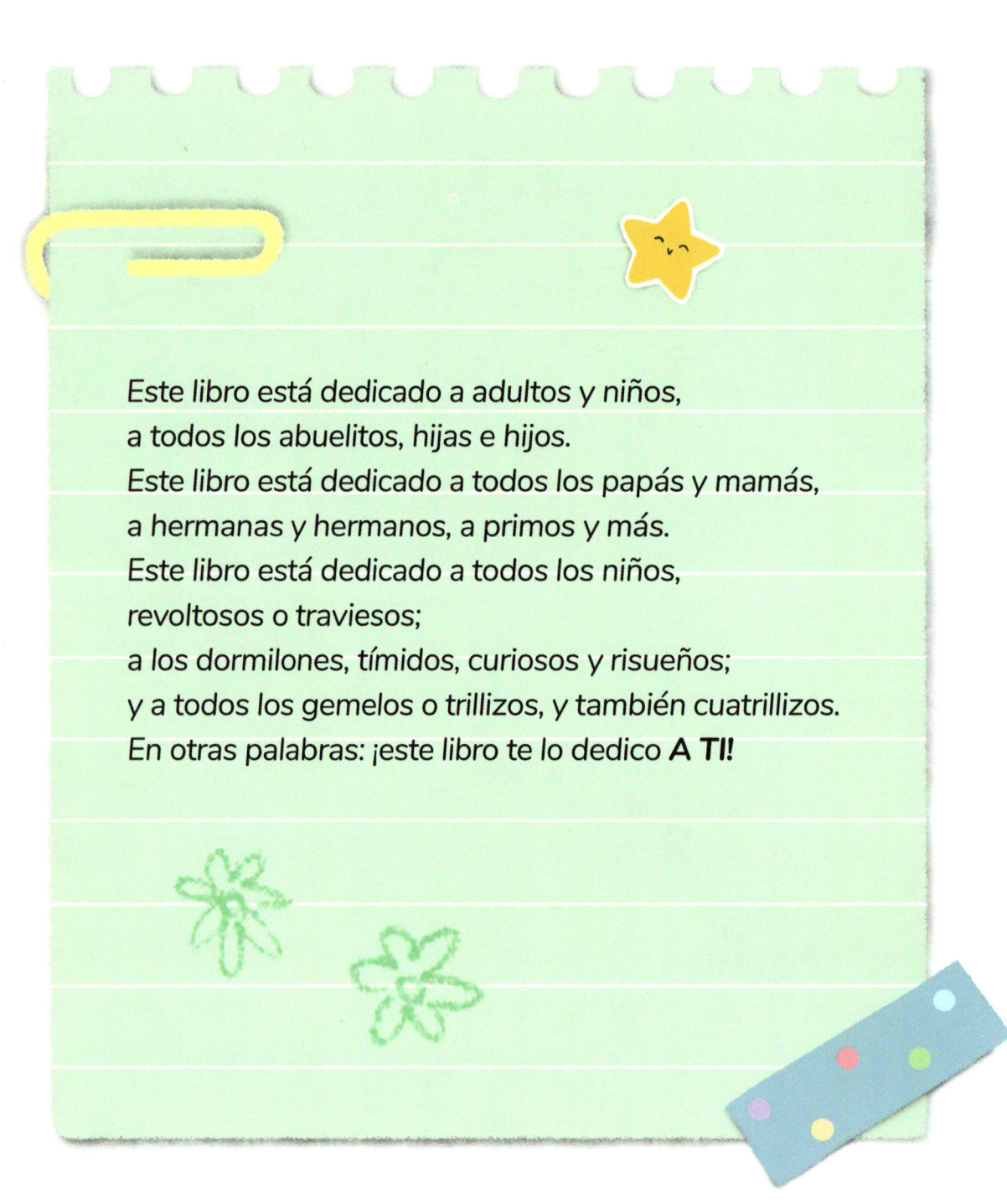

Este libro está dedicado a adultos y niños,
a todos los abuelitos, hijas e hijos.
Este libro está dedicado a todos los papás y mamás,
a hermanas y hermanos, a primos y más.
Este libro está dedicado a todos los niños,
revoltosos o traviesos;
a los dormilones, tímidos, curiosos y risueños;
y a todos los gemelos o trillizos, y también cuatrillizos.
En otras palabras: ¡este libro te lo dedico **A TI!**

Hola, yo soy Sofía y este es mi amigo **Vicente**.
Tiene siete años, como yo,
y es un unicornio **inteligente**.

Me encantan los cuentos de hadas
y también los de **fantasía.**

Pero a veces tengo miedo,
¿y me pregunto si a ti también te **ocurría?**

No me gusta la oscuridad;
Me asusta que al **dormir**

se esconda bajo mi cama
un monstruo malvado y **ruin.**

No me gusta cuando
los niños no quieren **jugar**.

Me esfuerzo mucho por ocultarlo,
pero me hacen sentir muy **mal**.

Le pedí consejo a mamá para no sentirme **así**.

Su respuesta fue brillante y en seguida la **entendí**.

"Cuando estés molesta y no sepas qué **hacer**,
Prueba a hacer Cinco Respiraciones sin **correr**.

Imagina que tu mano es una estrella y ábrela **bien**.
Y con la otra, traza los dedos de la estrella en **orden**.

Mientras los recorres con el dedo, inhala por la **nariz**.
El aire llenará todo tu cuerpo y te hará sentir muy **feliz**.

Y ahora, igual que subiste, hacia el otro lado debes **bajar**.
La respiración que estabas aguantando, ahora debes **soltar**".

Mamá es como mi amigo Vicente: muy lista e **inteligente**.
Decidí probar su ejercicio de respiración y ser más **paciente**.

Al día siguiente, cuando la maestra me **llamó** para leer en voz alta, pensé que todo se **acabó.**

Recordé mi respiración, una dentro y otra **fuera.**
¡Es genial! ¡Funciona de verdad y me siento muy **ligera!**

Volví a probar el ejercicio ese mismo **día.**

Mi amiga no quería jugar, pero logré estar **tranquila.**

Al llegar a casa no me gustaba lo que había de **cena**.

Me quería enfadar mucho y tener una **rabieta**.

Pero recordé mi respiración y lo bien que me **sentía**.
Así que di gracias a mamá y le dije que la **quería**.

Es curioso lo que pasa cuando comes de buen **humor**.
¡Disfrutas más de tu comida y todo sabe **mejor**!

Ahora, cada vez que estoy triste o **enfadada,**

Uso mi superpoder de respiración y enseguida se me **pasa.**

Por la noche, lo practico antes de **acostarme**.
Así, el monstruo desaparece y sueño con **chocolate**.

Y desde que practico este ejercicio, me complace **confirmar**,
Me divierto mucho con mis amigos y jugamos sin **parar.**

Si tú también tienes miedo,
ya sabes lo que **hacer.**

Que no se te olvide:
¡la respiración es tu **superpoder!**

Contenido adicional:
Fichas de los ejercicios de respiración

Respiración de las burbujas

- Imagínate que tienes una varita para soplar burbujas
- Inhala fuerte por la nariz para hacer una burbuja enorme
- Exhala muy despacio por la boca, como si soplaras una burbuja por la varita
- ¡Muy bien! ¡Acabas de hacer una respiración profunda!
- Repite el ejercicio tantas veces como quieras

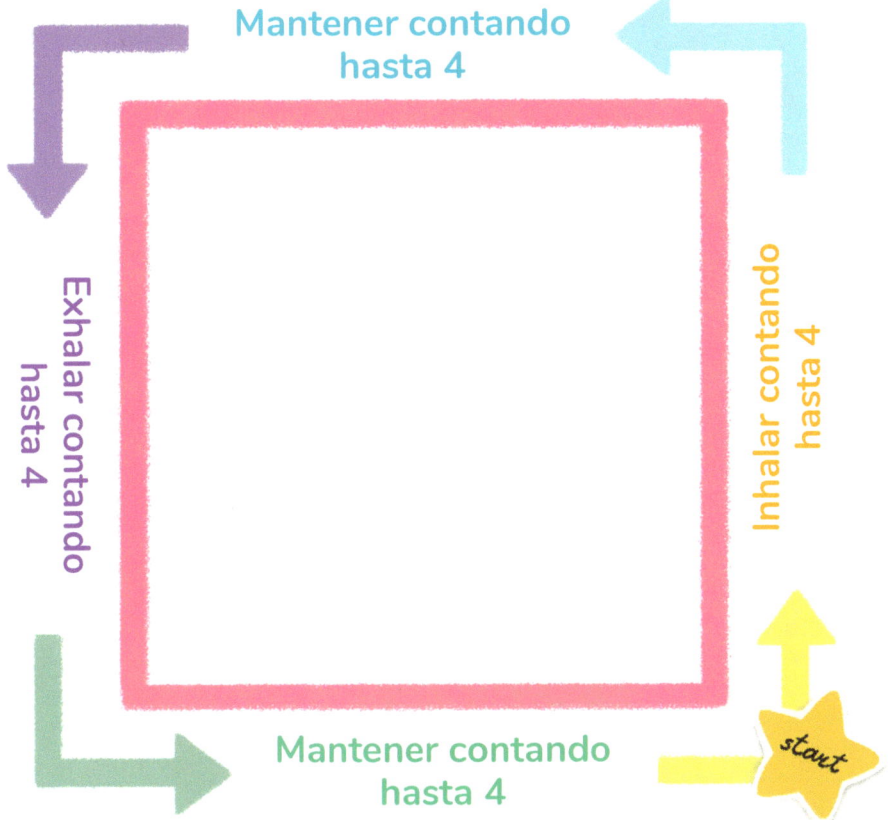

Respiración cuadrada

- Comienza mirando la parte inferior derecha del cuadrado
- Sube por el primer lado del cuadrado, tomando aire muy despacio por la nariz, hasta llenar los pulmones del todo, y contando del uno al cuatro
- Traza el segundo lado del cuadrado mientras aguantas la respiración, contando despacio hasta cuatro
- Baja despacio por el tercer lado del cuadrado, soltando todo el aire de los pulmones mientras cuentas hasta cuatro
- Ahora termina el cuadrado mientras aguantas la respiración y cuentas lentamente hasta cuatro
- ¡Muy bien! ¡Acabas de hacer una respiración profunda!

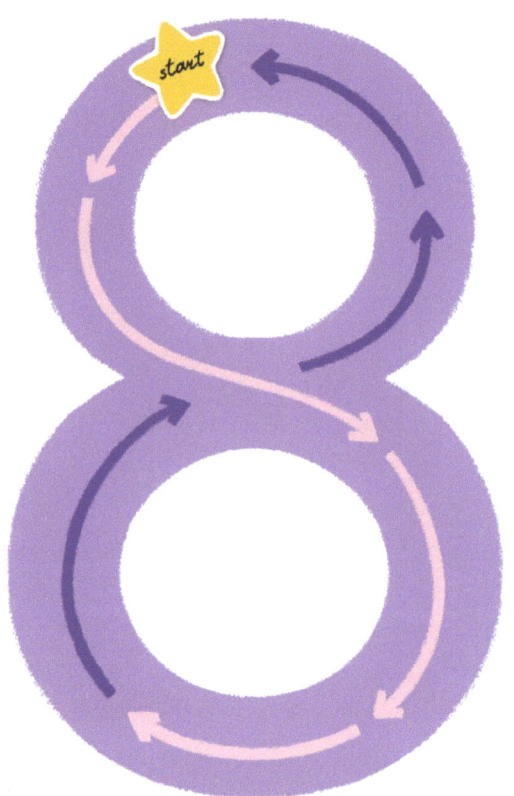

Respiración en ochos

- Levanta el dedo y ponlo en la parte superior del número ocho
- Toma aire muy despacio, mientras dibujas el ocho en el aire
- Cuando vuelvas arriba, exhala despacio mientras vuelves a trazar el ocho
- ¡Muy bien! ¡Acabas de hacer una respiración profunda!
- Repite el ejercicio tantas veces como quieras

Respiración de la sopa

- ♥ Imagínate que tienes en las manos un tazón de deliciosa sopa caliente
- ♥ Inhala muy despacio por la nariz, como si estuvieras oliendo la sopa
- ♥ Exhala muy despacio por la boca, para enfriar la sopa caliente
- ♥ ¡Muy bien! ¡Acabas de hacer una respiración profunda!
- ♥ Repite el ejercicio tantas veces como quieras

Querido/a lector/a,

Gracias por confiar en mí y leer mi libro.
Me encantaría saber qué te parece.
En solo dos minutos puedes compartir tu opinión en Amazon con los millones de niños y niñas que esperan tu comentario.

Nota de la autora:

He escrito este libro para ayudar a todos los niños a conectar su cuerpo con sus emociones. A veces, todos nos enfadamos o nos asustamos, y a nuestros hijos les pasa lo mismo. La mejor manera de ayudarnos unos a otros es compartiendo nuestras experiencias.

La Respiración es Mi Superpoder muestra a niños y adultos *Cinco Técnicas de Respiración*: ejercicios divertidos a la vez que prácticos. Si quieres explicarles a tus hijos cómo gestionar sus emociones negativas, aprovecha este tierno libro, que seguro te hará sonreír.

Alicia Ortego

BOOKS FOR KIDS

La Respiración es mi Superpoder es el segundo libro de la serie Mis Superpoderes: una colección de libros de mindfulness para niños de todas las edades, y para cualquier persona que trabaje con niños.

Si deseas obtener más información y descargar ejercicios gratuitos, visita mi sitio web escaneando el código QR o en www.aliciaortego.com

¡Muchas gracias por tu apoyo!
— Alicia Ortego

¡Colecciónalos todos!

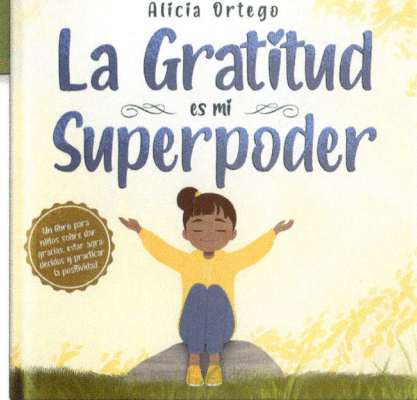

CPSIA information can be obtained
at www.ICGtesting.com
Printed in the USA
BVHW011931121222
654058BV00002B/2